© Nathanaël AMAH, 2024(J9CR1Q2)

Tous droits de reproduction, d'adaptation et de traduction, intégrale ou partielle réservés pour tous pays.

L'auteur est seul propriétaire des droits et responsable du contenu de cet ouvrage

Les choix déraisonnables des gens raisonnables
© *Nathanaël AMAH , 2024 NATHAM Collection*

Les choix déraisonnables des gens raisonnables
© *Nathanaël AMAH , 2024 NATHAM Collection*

Du même auteur
(version papier & Ebook) :

- Somewhere in Vladivostok
- Harcèlement (éd. BOD)
- Harassment (éd. BOD)
- Acoso (éd. BOD)
- Neith (La mystérieuse Nubienne) (éd. BOD)
- The Nubian (The mysterious Neith) (éd. BOD)
- Les macarons (éd. BOD)
- Instants ultimes (éd. BOD)
- Que dire de plus ? (éd. BOD)
- Cousine ! (éd. BOD)
- Tu n'es pas la femme de l'homme que je suis (éd BOD)
- The day after in London (éd BOD)
- Londres : le jour d'après (éd BOD)
- Ma dernière nuit en Sibérie (éd BOD)
- My last night in Siberia (éd BOD)
- Faces (éd BOD)
- Facettes (éd BOD)
- GESICHTER (éd BOD)
- The fragrant book (éd BOD)
- Le livre parfumé (éd BOD)
- Que veux-tu entendre que je ne t'ai pas dit ? (éd BOD)
- What do you want to hear that

I haven't told you ? *(éd BOD)*
- ROXILLE (une histoire étonnante) *(éd BOD)*
- ROXILLE (an amazing story) *(éd BOD)*
- Elvira PLYNN (Greatness & fall) *(éd BOD)*
- Elvira PLYNN (Grandeur et décadence) (éd BOD)
- Unreasonable choices for reasonable people (éd BOD)
- Die unvernünftigen Entscheidungen vernünftiger Menschen (éd BOD)

© *Nathanaël AMAH, 2024 NATHAM Collection*

Couverture : **L'auteur**

Les choix déraisonnables des gens raisonnables
© *Nathanaël AMAH , 2024 NATHAM Collection*

© Nathanaël AMAH , 2024 NATHAM Collection

LES CHOIX DÉRAISONNABLES DES GENS RAISONNABLES

« *La plupart des choses qui nous font plaisir, sont déraisonnables.* »

INTRODUCTION

Les choix déraisonnables des gens raisonnables
© *Nathanaël AMAH , 2024 NATHAM Collection*

Si j'ai le choix, cela suppose que j'ai la possibilité en même temps, de faire et de ne pas faire une chose.

Je tranche en fonction des arguments qui militent en faveur ou en défaveur de mes envies.

Si je n'ai pas le choix, alors j'obéis aux contraintes et aux nécessités indépendantes de ma volonté propre.

Je subis les conséquences heureuses ou malheureuses de cette expérience *(ou action)* au cours de laquelle, mon vouloir y est absent.

Par contrainte ou par nécessité, je deviens donc "horriblement" raisonnable dans mes actes.

Autrement dit, je suis raisonnable lorsque je suis conforme à la raison pratique, au devoir, à la morale.

Par conséquent, je ne suis pas libre face à mes choix.

J'ajuste en permanence mon comportement aux circonstances particulières dans la mesure du possible.

Cela m'oblige *de facto* à soumettre à la raison l'ensemble de mes autres facultés, notamment mes pulsions, mes passions, mes instincts, mon discernement.

Ceci dit, dans le prolongement de ce qui précède, je me propose de vous livrer cette histoire singulière qui a traversé mon esprit et qui m'a donné l'occasion de me questionner sur l'HOMME, " ÊTRE " dit supérieur, capable de formuler des jugements lui permettant de dissocier sa sensibilité propre confrontée à sa rationalité qui relève de la raison.

Je voudrais préciser pour clôturer cette brève introduction, que l'épine dorsale de cet ouvrage a imposé de discrètes et fréquentes incursions dans le monde merveilleux et jubilatoire de la pensée philosophique, sans que je puisse prétendre construire une œuvre à vocation philosophique : la philosophie étant une démarche trop "raisonnable", pour être laissée à la portée des néophytes souvent imparfaits, voire "déraisonnables".

Chapitre 1

Revirement.

Paris, parvis du tribunal judiciaire.

Le lieu *(entre autre)* des adieux après le prononcé du divorce, point de départ de la nouvelle vie des femmes et des hommes libérés de leurs engagements matrimoniaux.

Le lieu à partir duquel chacun, tête haute, part vers de nouvelles aventures, soulagé de voir enfin cette page du passé se refermer, convaincu d'avoir fait le bon choix en divorçant.

Parmi les couples « divorcés » du jour, présents en ce lieu au terme des audiences qui ont entériné le constat de leur désamour en cette fin de matinée d'automne, Sarah et Brewen se tiennent côte à côte, dans un mutisme total, chacun plongé dans ses pensées.

Leurs avocats respectifs ont pris congé sans se douter des suites de cette procédure de divorce qu'ils ont initiée *(comme d'habitude)* et conduite jusqu'à son terme en cette matinée.

Chacun a su faire valoir les intérêts de son client en tentant de préserver ce qui compte pour l'un et pour l'autre des protagonistes, satisfait du jugement qui a été rendu.

Dans cette situation où tout semble figé, consommé, moment où les amoureux d'hier sont devenus les pires ennemis d'aujourd'hui, instant où plus rien ne peut arriver, moment où règne en principe l'indifférence la plus totale, un événement des plus inattendus survint.

« *Je t'ai follement aimé, tu sais ?* »

lance Sarah avant de quitter celui qui vient de passer dans la catégorie peu enviable des « ex-époux ».

Brewen ne réagit pas à cette confession inattendue qui le surprend quelque peu.

Puis, elle s'éloigne d'un pas mal assuré, pétrie de douleurs et de remords, les yeux rougis par les larmes qu'elle ne peut retenir.

Après avoir parcouru quelques mètres, elle marque un arrêt, puis se retourne.

Et d'une voix atone :

« ***Passons la journée ensemble. Tu veux bien ? ... Une dernière fois. S'il te plaît, dis-moi oui .*** »

Brewen n'en croit pas ses oreilles.

A-t-il bien entendu cette supplique venue tout droit de cette personne qui avait initié elle-même *(et contre toute attente)*, la procédure de divorce qui les a conduits là où ils en sont à cet instant précis de cette journée très spéciale, à marquer d'une pierre noire ?

Il se retourne à son tour et aperçoit sa toute nouvelle ex-femme revenir vers lui, triste, perdue, le visage exprimant le désarroi le plus complet.

Il devine son besoin de se jeter dans ses bras, comme l'enfant cherchant désespérément les bras de ses parents pour se consoler à la suite d'un gros chagrin.

Il reste figé un moment, puis avant qu'il n'eut le temps de prononcer le moindre mot, Sarah, visiblement, profondément troublée par une émotion violente qu'elle ne peut contrôler, se jette dans ses bras et se blottit contre lui.

« *Qu'est-ce qui t'arrive ?* » demande Brewen, partagé entre stupéfaction et envie de la repousser violemment.

« *Je ne veux pas te quitter. Je ne peux pas te quitter. Je t'aime toujours. Prends-moi dans tes bras. Tu veux bien ? Serre-moi fort. Rentrons chez nous.* »

Brewen n'arrive pas à comprendre ce soudain revirement. Pour lui, elle est devenue folle. Aucune autre explication pour justifier son attitude qui dépasse tout entendement.

« *Te souviens-tu que nous n'habitons plus ensemble ?* »

Pour toute réponse, il reçoit cette injonction :

« *Serre-moi fort !* »

«*Nous venons de divorcer. As-tu oublié ?* »

« *Oublie ça ! Emmène-moi chéri !* »

De mieux en mieux se dit Brewen qui commence à perdre patience.

Il tente tant bien que mal de desserrer son étreinte devenue insupportable. Il n'a qu'une envie : s'en aller.

Peine perdue. Elle est collée à lui comme

jamais elle ne l'a été auparavant.

Il faut q'il se sorte de cette situation au plus vite, mais comment ?

Il tente de réfléchir car cela urge.

Doit-il :

–   parvenir à l'arracher de force et se sauver en courant : oui mais il n'est pas du genre à brutaliser une femme,
–   tenter de la raisonner afin qu'elle renonce à son désir de passer une dernière journée ensemble : admettons, mais il est épuisé par cette matinée éprouvante passée dans le cabinet du juge, et se sent incapable dans l'état actuel de la situation d'arguer qu'une vie commune n'est plus possible après le prononcé de leur divorce. De plus, il a froid, il a faim,
–   jouer le jeu tout en ayant à l'esprit les conséquences d'une telle démarche face à une personne qui semble avoir perdu pied.

Alors, en tenant compte de la fragilité soudaine de son ex-épouse devenue imprévisible et incontrôlable, pour ne pas provoquer un scandale sur la voie publique et se retrouver au poste de police le premier jour de sa liberté retrouvée, Brewen choisit *(curieusement, à ses risques et périls)* d'entrer dans son délire.

Il avisera plus tard *(se dit-il)* pour dénouer cette situation.

Comment faire entendre raison à une personne qui ne veut ni entendre ni comprendre ?

Ne dit-on pas que le meilleur moyen de débloquer une situation face à un individu qui a perdu la raison, c'est de se mettre dans le même état d'esprit afin de gommer le contraste qui crée le désaccord ?

« ***Où voudrais-tu que je t'emmène chérie ?*** » dit-il.

« ***Où tu voudras mon chéri. Ne restons pas ici. Partons ! Je n'aime pas cet endroit.*** » répond-elle.

Bien arrimée au bras de son ex, Sarah se laisse conduire dans le restaurant le plus proche, boulevard du Palais.

Une fois installée, Sarah commande un grand verre de Chardonnay, puis un deuxième.

Brewen ne connait que trop bien les conséquences chez elle d'une consommation effrénée d'alcool.

Cela devrait l'inquiéter au plus haut point, car dans l'état actuel des choses, la situation est comparable au fait de vouloir éteindre un grand feu de forêt avec de l'essence.

La laisser consommer autant d'alcool en pareille circonstance, pourrait lui être imputable pour non-assitance à personne en danger *(un délit sanctionné par le code pénal)*.

Il ne semble pas s'en soucier à première vue.

Pourtant, sa lucidité est intacte.

Il a une pleine conscience de la situation.

Son discernement n'est pas désactivé même si son tout nouveau statut d'ex-époux l'y autorise.

Brewen tente en vain de lui faire choisir un menu mais finit par lui commander un plat de viande face à son mutisme. Elle a besoin de reprendre des forces. La pâleur de son visage indique que son dernier repas convenable date de plusieurs jours. Il craint qu'elle ne finisse par s'éffondrer dans ce restaurant plein à craquer. Il ne voudrait en aucun cas attirer l'attention sur lui et endosser une quelconque responsabilité si cela venait à se produire.

Il commence alors à mesurer la portée de sa stupide décision d'accepter de passer une dernière journée avec elle. Il avait pris une journée de congé pour aller s'aérer l'esprit après le prononcé de son divorce. A présent, le voilà englué dans cette histoire qui ne ressemble à rien et qui pourrait lui coûter cher à tout point de vue.

Que faire ?

Le vin est tiré, il faut le boire, dit le vieil adage.

Le voilà contraint et forcé d'assumer une responsabilité qui est loin d'être la sienne, et d'aller jusqu'au bout de ce que sa stupide décision lui a permis de commencer.

A-t-il pensé un seul instant à la gueule de bois qui pourrait en découler ?

Cette gueule de bois génératrice de migraines qu'il ne saurait soigner et qui pourrait être un handicap sérieux pour aborder sa nouvelle vie d'homme libre.

Il s'était juré devant ses amis de ne plus jamais tomber dans le piège du mariage, fusse-t-il la suite logique : d'un amour fou, d'un coup de foudre violent, de la concrétisation d'un rêve de bonheur à deux, de la conclusion sans appel d'une véritable passion amoureuse dévorante.

Vieillir seul ne lui fait pas peur.

Dans tous les cas, il ne veut plus entendre parler de mariage. C'est une certitude pour lui, après les deux dernières années de vie commune avec Sarah.

Chapitre 2

Quelques pas sur les berges de la Seine.

Brewen engloutit son repas sans se presser et sans se préoccuper de Sarah qui elle, n'a quasiment pas touché le contenu de son assiette.

A peine a-t-il fini de mastiquer sa dernière bouchée sous la haute surveillance de Sarah *(qui commence à trouver le temps long)* que, une nouvelle injonction parvint à ses oreilles.

« *Allons-nous-en !* »

Manifestement, Brewen feint de ne pas tenir compte de cette nouvelle injonction qui commence à l'agacer prodigieusement.

Il fit signe à la serveuse à qui il réclame la carte des desserts.

D'ordinaire, il a une sainte horreur de terminer un repas sur une note sucrée.

La raison : une hérésie selon lui.

Il n'a jamais compris pourquoi les gens se sentent obligés de sacrifier le souvenir du goût laissé par un bon repas dans la bouche en l'effaçant et en le remplaçant par le goût d'une sucrerie.

D'autre part, ayant été élevé jusqu'à son adolescence par des parents installés dans les colonies, il était habitué à prendre des repas à plat unique, sans déssert, les sucreries (fruits ou patisseries) étant consommées à l'heure du goûter. Habitude qu'il conserva en grandissant.

Il choisit un Paris-Brest, une patisserie composée d'une pâte à choux croquante, fourrée d'une crème mousseline pralinée, parsemée d'amandes effilées.

Mais après tout, l'exception ne confirme t-elle pas la règle ?

N'est-ce pas un jour très spécial lorsque deux personnes réputées divorcées de fraîche date, partagent la même table dans un restaurant quelques heures après le prononcé de leur divorce ?

Par conséquent, en pareilles circonstances, toutes les extravagances sont permises, impérativement acceptées sans autre forme de procès, et sans avoir à se justifier.

Sarah l'observe sans réagir devant ce changement d'habitude illustrant sans aucun doute les manœuvres dilatoires dont il use sans modération.

L'attitude de Brewen exacerbe son dépit d'autant plus que ce dernier prend tout son temps pour déguster son Paris-Brest.

Il accepte la proposition de la serveuse de lui apporter une tasse de café expresso, lui qui généralement se contente d'une tasse de café au petit-déjeuner, et rien d'autre au cours de la journée.

La serveuse, munie du terminal de paiement, présente la note.

Pour gagner du temps, Sarah règle l'addition pendant que Brewen finit d'apprécier son expresso à qui, il découvre curieusement une saveur particulière.

Mais, il ne serait pas raisonnable de commander une deuxième tasse même si cela pourrait l'aider à entraver les projets de Sarah et l'agacer davantage.

Plus une goutte de café dans la tasse.

 Maintenant *(se dit-elle)* plus rien ne s'oppose au départ de ce restaurant qu'elle veut quitter au plus vite. Elle a d'autres projets en tête.

 Elle supplie du regard son ex de s'en aller.

 Une fois debout, elle s'arrime de nouveau au bras de son tout nouveau ex-époux, donnant ainsi l'impression visuellle de former un couple tout à fait ordinaire.

Brewen ne lui oppose aucune résistance.

Deuxième erreur de la journée.

Erreur assumée ?

Que peut-il faire de mieux après sa pitoyable capitulation à la sortie du cabinet du juge quelques heures auparavant, après le prononcé de leur divorce ?

Quel esprit éclairé pourrait imaginer une telle situation qui est un défi au bon sens, un pied de nez à la raison ?

Dans tous les cas, elle est parvenue à le maîtriser au point de le priver de tout bon sens en se rendant maîtresse de son discernement.

A suivre.

Boulevard du Palais, devant le restaurant.

Enfin dehors, se dit-elle.

Toujours pendue à son bras, Sarah l'entraîne vers les quais, pour une promenade au grand air avant de rentrer.

Rentrer où ? Chez elle ? Chez lui ?

Un flou qu'entretient savamment Sarah tout en poursuivant sa machination face à la passivité de son ex, un flou qui constitue un terreau favorable pour semer le doute et le pousser à accepter l'inacceptable.

De toutes les façons, dans son esprit, sa passivité vaut accord.

Alors pourquoi ne pas en profiter ?

Sur le parcours, bras dessus bras dessous, ils forment ainsi un couple des plus ordinaires en déambulation sur les quais de Seine, vu de l'extérieur.

Brewen est ce que l'on pourrait qualifier de victime consentante.

Il obéit aux injonctions de Sarah sans se rebeller, non pas parce qu'il ne peut pas se rebeller *(il en a même le droit et l'obligation à ce qu'il semble)* mais, d'aucun dirait qu'il se complaît dans cette situation que lui impose l'attitude intransigeante de son ex-épouse *(le jour de leur divorce)*, qui voudrait le conduire dans une direction diamétralement opposée à celle édictée par la raison pure et le bon sens.

Il serait alors aisé de considérer Sarah comme un danger potentiel à l'égard de sa personne, un obstacle sérieux pour le début de sa nouvelle vie d'homme libre si toutefois, inexorablement, les choses continuaient de dévier de la bonne direction.

Face au comportement étrange de Brewen, en restant mesurés *(voire raisonnables)* dans notre appréciation de la situation telle que nous la connaissons depuis la fin de la matinée, nous pourrions nous interroger sur ce qu'est un consentement éclairé.

L'acceptation implicite que Brewen a exprimée en se laissant « phagocyter » par son ex *(contre toute attente)* depuis la sortie du cabinet du juge, ne paraît ni réfléchie, ni en adéquation avec la logique.

Cette passivité, *(voire cette irresponsabilité)* dont il a fait preuve en choisissant de pénétrer le cheminement mental de son ex, cheminement mental dont il ignore toutes les subtilités et les conséquences, exclut toute adhésion libre et volontaire.

Si tel est le cas, Brewen serait-il animé d'une force qui le dépasse et qui ne serait que la continuité de ce qu'a été sa vie passée aux côtés de Sarah ?

En fait, la procédure de divorce n'aurait rien résolu, même si Brewen n'a pas été l'initiateur de cette procédure.

Il se croit libre, il se croit dégagé du poids de ce carcan qui le maintenait sous le joug de son ex, mais il subsiste ce fil à la patte que constitue l'emprise psychologique qu'exerce Sarah sur lui.

Dans l'état actuel de la situation, il ne peut donc pas trancher dans le vif et prendre ses jambes à son cou.

Du moins, c'est ce qui transparaît des premières constatations résultant des effets de la juxtaposition de deux cheminements intellectuels, diamétralement opposés.

D'un côté, la négation de l'existence d'un échec retentissant d'un couple à la dérive dans un mariage raté dont le terme vient d'être entériné chez le juge des affaires familiales, et de l'autre, la validation d'un accord tacite visant à adoucir les affres d'une transition difficile.

Soit !

Le sentiment de détestation totalement absent de l'état d'esprit de Brewen dénote une singulière bizarrerie par rapport à celui des autres couples « désassemblés » dans des circonstances analogues après le prononcé de leur divorce.

Ainsi en comparaison, et à quelques exceptions près, on pourrait voir :

–   sur les visages les peintures de guerre,
-     dans les mains, les hâches encore

sanguinolentes après des mois de batailles acharnées, prêtes à reprendre du service,
− sur les lèvres, l'expression de cette rage contre l'autre qu'aucun vaccin anti-haine ne pourrait être efficace.

Pas de place pour le calumet de la paix : toutes les bûchettes d'allumettes étant hors d'usage, embrasées et consummées sous les déluges des injures incandescentes échangées tout au long des crises.

Alors pourquoi cette exception qui semble défier toute logique en la matière ?

Une exception ou un non événement **?**

Une particularité ou une anomalie ?

Une déraison ou la résultante d'une émotion forte ? *(Emotion provoquée par le vertige de la solitude en perspective)*.

Ce qui est hors des usages ou en dehors de nos comportements habituels, nous paraît singulier et nous interpelle.

Pourquoi tel ou tel bébé ne pleure jamais ?
(Oh qu'il est sage ce bébé ! Dirait-on pour nous affranchir de notre questionnement concernant son état de santé.)

Pourquoi jetons-nous un objet précieux à la poubelle pour le reprendre en fin de journée avant le passage des éboueurs ?
(Après tout, il pourrait encore servir.)

Alors, quid d'un époux qui n'est plus le bienvenu dans le cœur de son épouse ?

A quoi ressemble un mari que l'on jette par la fenêtre dans un premier temps et que l'on tente de rattraper au vol la seconde d'après avant qu'il ne sécrase au sol ?

Et pourquoi tenter de le récupérer ?

Un geste instinctif pour la préservation du couple à la dérive ?
(Restons ensemble et continuons à nous détester cordialement).

Plusieurs réponses à ce questionnement en effet :

- l'octroi d'une deuxième chance,

- le désaveu d'une grossière et banale erreur de jeunesse ou d'appréciation. Le péché de Sarah pouvant se résumer par sa révolte contre sa condition de femme insatisfaite mariée à Brewen,

- la tentation de rectifier les dégâts psychologiques occasionnés par un ego démesuré,

- le pardon consenti à une faute avouée. Que celui qui n'a jamais péché me jette la première pierre,

- ou tout simplement, le libre cours accordé aux caprices insupportables d'une personne pour laquelle le prononcé d'un divorce mettant un terme à la vie maritale ne saurait être un frein à son désir de poursuivre cette communauté de vie parce qu'elle aurait décidé qu'il en serait ainsi ?

Sur les berges de la Seine, le pseudo couple Sarah-Brewen déambule nonchalamment au milieu des centaines de personnes qui profitent de leur pause méridienne pour se dégourdir les jambes.

Brewen se laisse conduire sans rien dire, se faisant entraîner vers une mystérieuse destination. Il attend patiemment, docilement la prochaine injonction de son ex-épouse.

De son côté, Sarah semble se satisfaire de la situation qui se déroule selon ses désirs. Son visage est un peu plus détendu et un léger sourire se devine sur ses lèvres.

Au bout d'une demi-heure de cette déambulation au bord de l'eau, Sarah décide de quitter ce lieu pour d'autres horizons.

Pour elle, une dernière journée devrait être une journée mémorable, du moins dans sa manière de présenter, d'envisager, ou de conduire les choses.

Elle réussit à gommer de sa mémoire ce moment pénible passé dans le cabinet du juge des affaires familiales.

Ce moment semble ne plus exister pour elle.

Qui pourrait la blâmer d'essayer de rendre plausible ce qui ne peut l'être ?

Le principal intéressé, victime consentante ou non, paraît se complaire dans cette nasse de laquelle tout un chacun voudrait fuir au galop, sans jamais se retourner.

Après tout, *(et à sa décharge)*, accorder une dernière journée à Sarah, ce n'est pas la mer à boire, se dit-il en substance.

Cela pourrait être l'occasion de jeter les bases d'une possible entente *(qui a tant fait défaut tout au long de leur mariage raté)*, après les turbulences que le couple a traversées ces deux dernières années, pour apaiser leur relation post divorce.

Un peu de calme, un peu de sérénité, quoi de plus souhaitable au terme de ces mois de guerre acharnée.

Chapitre 3

Fais-moi plaisir.

– « *Chéri, fais-moi plaisir, tu veux ?* »

La nouvelle injonction qu'attendait Brewen vient de tomber.

Comment y répondre sans se condamner davantage ?

Au point où il en est, Brewen n'a plus grand-chose à craindre.

Néanmoins, cela ne l'empêche pas de ressentir une certaine appréhension.

« *Passons une dernière journée ensemble* » n'induit pas les mêmes conséquences que « *chéri, fais-moi plaisir, tu veux ?* »

En effet, déambuler ensemble à travers Paris et ses environs, n'implique pas le caractère direct de la demande formulée par Sarah dans sa dernière injonction.

En bon économiste, Brewen connaît à la perfection la fonction de demande directe du consommateur qui donne la quantité demandée, en fonction du prix.

Il ne peut donc s'empêcher de transposer cette théorie à la situation présente.

Une soudaine prise de conscience du danger qui le guette ?

Ou bien, doit-il reformuler ladite injonction en inversant la demande qui donne le prix en fonction de la quantité demandée ?

Ce qui pourrait donner la formulation suivante, évitant ainsi de répondre par oui ou par non :

– *« Ecoute, je n'ai pas beaucoup de temps. Que pourrais-je faire pour ton service ?* »

Une façon de reprendre le contrôle de la situation.

Aussitôt, Sarah marque un arrêt, relâche un instant l'étreinte sur son bras, se place face à lui, le visage crispé et lui répond :

–   « *Ah ! Je voulais te demander d'aller chez moi pour le reste de l'après-midi et de passer la nuit avec moi, une dernière fois. ... Mais il me semble que tu n'aies plus le temps pour moi. N'est-ce pas?* »

Brewen est interloqué par autant d'audace au point de ne pas saisir la belle occasion qui vient de lui être offerte de s'en aller sans se retourner.

Il lui suffisait de lui répondre :

–   « *Oui j'ai des projets ce soir. Au revoir !* »

et c'était fini à jamais.

Eh bien non ! Ce ne fut pas le cas.

Le désir de la soutenir coûte que coûte pendant cette journée éprouvante, la peur de la laisser seule face aux mille et un dangers qui pourraient inévitablement lui être fatals, tout ceci le replonge dans ses errements, à l'image de son comportement tout au long de son mariage avec Sarah.

Cette situation avait duré un certain temps. Elle avait fini par abîmer le couple, pervertissant leur façon de fonctionner et de communiquer.

Face à Sarah, Brewen n'avait jamais réussi à trouver au fond de lui-même, les réponses et les solutions nécessaires aux problèmes qui gangrènaient son couple.

Dès le départ de leur vie commune, elle le perçut comme une « demi-portion » incapable de manifester la moindre autorité lui permettant de s'imposer au sein du couple.

Tout au long de leur vie de couple, Sarah a

tenu la gouvernaille, naviguant çà et là au gré de ses envies.

Car Sarah avait su déceler son incapacité à prendre position dans les conflits, ce qui le rendait vulnérable, facile à dominer.

Brewen n'avait jamais pris conscience d'avoir toujours été en équilibre au-dessus du vide.

De manière inconsciente, cette vulnérabilité le rendait souvent triste, ne sachant comment trouver un sens à sa relation avec Sarah.

Dans les soirées entre amis, Sarah brillait de mille feux, tandis que Brewen se contentait de demeurer le mari de Sarah.

En résumé : prises de parole limitées, deux pas en arrière pour ne pas faire de l'ombre à la reine Sarah,

Cette situation dura un temps jusqu'au moment où, lassée de « faire joujou » avec celui qui prétendait être son mari, Sarah se mit en quête de trouver un autre centre d'intérêt en dehors du foyer.

Le nouvel élu de son cœur, n'était autre que l'opticien du quartier dans lequel elle travaillait.

Un homme marié, autoritaire, dénué de tout sentiment, mais terriblement efficace dans sa manière de soumettre sa nouvelle conquête.

Dès les premiers rendez-vous dans les bars et dans les restaurants du quartier, elle semblait satisfaite d'appartenir à un homme qui serait sur la même longueur d'onde qu'elle, un homme fort, un homme complice dont elle ne devrait s'encombrer qu'à minima, mais dont elle pourrait jouir à volonté afin d'expérimenter de nouvelles sensations.

Il la sifflait et elle courait vers lui *(ventre à terre)* à la pause méridienne ou au cours des après-midi de RTT, obéissante, prête à s'offfrir et à donner le meilleur d'elle-même pour ne pas décevoir le nouveau maître de sa vie.

Elle était heureuse de cette rencontre qui provoquait chez elle une certaine euphorie qui justifiait grandement cet écart de conduite vis-à-vis de son couple.

Ses passages dans la salle de bain le matin duraient un peu plus longtemps que d'habitude pour être à son avantage et plaire au maître.

Elle rentrait à reculons le soir à la maison, regrettant d'avoir à le faire, mais remplie d'espoir pour de nouvelles aventures après la séparation imposée par la fin de la journée.

Elle ne pouvait plus se rendre compte du danger potentiel que représente sa présence dans une telle relation.

A cause du désamour ressenti pour Brewen qui n'était plus en odeur de sainteté, dans sa tête, dans son cœur, il n'y avait de place que pour son opticien chéri.

Tout son être respirait ce pseudo bonheur qu'elle seule pouvait percevoir, tellement la haine ressentie pour Brewen la poussait davantage dans les bras du lunetier.

Elle pensait qu'une telle relation pouvait : la reconcilier avec la vie, lui permettre de vivre une autre expérience au nom de cette certitude qu'elle n'est pas la femme d'une seule vie.

Forte de ses convictions, elle s'était jetée à corps perdu dans cette relation qui peu à peu tourna au vinaigre.

Cette soumission n'avait plus de limites.

Des paires de gifles pour quelques minutes de retard aux rendez-vous, l'acceptation de pratiques sexuelles visant à la rabaisser : elle devait se rendre aux rendez-vous sans sous-vêtements, elle devait accepter des sévices physiques lors des ébats dont son corps gardait durablement des traces.

Paradoxalement, à chaque retour à la maison, en miettes et remplie de remords, Brewen *(qui la ramassait à la petite cuillère)*, trouvait grâce à ses yeux.

Elle se rapprochait de lui comme si tout était normal, allant jusquà lui demander de soigner son corps meurtri.

Brewen s'exécutait sans jamais poser de questions, même devant des signes évidents de sévices avérés, constatés régulièrement sur le corps de sa femme, à son retour à la maison.

Elle partait, elle revenait, il la reprenait pour la réconforter.

Toujours bienveillant, toujours aux petits soins pour elle.

Cela dépassait l'entendement.

D'aucun s'interrogerait sur la nature de cet amour « malsain » de Brewen pour sa femme, amour qui avait de quoi choquer l'esprit le plus ouvert du plus commun des mortels.

L'esprit le plus pervers de la terre pourrait s'émouvoir face à cette situation.

Puis soudainement, Sarah mit fin à cette relation avilissante, traumatisante qui l'avait considérablement abîmée.

Elle avait pris conscience de sa dégringolade vers les abysses de l'horreur.

Elle était sexuellement « rassasiée » mais sa fringale avait été assouvie de la mauvaise façon.

La frontière qui la séparait d'une fille de rue avait l'épaisseur d'une feuille de papier.

Comment se sort-on d'une telle situation, si ce n'est de suivre une thérapie, disparaître ou bien encore, se flinguer ?

Les spécialistes s'en donneraient à cœur joie pour expliquer en long et en large, en termes savants, les tenants et les aboutissants de ce comportement qui dépasse tout ce que l'on pourrait imaginer dans une relation maritale.

Sarah traversa une période de dépression, se traduisant par un changement brutal et total de personnalité : elle manifesta à nouveau une aversion épidermique pour son conjoint.

Des phases de crises aigues *(se manifestant parfois par des cris, des insultes, des agressions physiques)*, secouaient de temps à autre ce couple en déliquescence.

Le pauvre Brewen observait tout cela avec philosophie.

Sa mélancolie était réelle et déchirante.

Cela ne l'empêcha pas de continuer à être présent aux côtés de son épouse tout au long de cette période douloureuse.

Une tentative de suicide clôtura ce tableau d'une noirceur indescriptible.

Sarah passa six mois dans une maison de repos.

A son retour à la maison, alors que tout semblait apaisé, survint la demande de divorce initiée par elle contre toute attente.

Brewen accepta sans se faire prier.

Chapitre 4

Juste ton après-midi
contre
mon secret.

« *On va chez moi Chéri. ... J'ai quelque chose à te dire.* »

dit-elle calmement, en plongeant ses yeux verts dans ceux de Brewen,

Sarah sait que la partie ne sera pas difficile.

Elle connaît la puissance de son regard. Ce genre de regard qui trouble, qui désarme et qui désarçonne.

Elle sait combien son regard impressionne Brewen.

Par conséquent, sa requête sera examinée avec bienveillance et avec célérité. Elle en est certaine.

Mais, Brewen reste pantois.

Il ne sait que répondre face à ce nouveau stratagème de son ex.

Sarah insiste lourdement. Elle attend sa réponse.

Sa machine à persuasion est en marche. Tel un rouleau compresseur, elle finit d'éradiquer la dernière poche de résistance que lui oppose Brewen.

Une fois encore, la queue basse, Brewen capitule, tel un toutou obéissant et dévoué.

Triste constat.

Il est pris en étau entre le piège prévisible tendu par Sarah et la curioisité qui le taraude à propos de ce secret qu'elle voudrait lui livrer uniquement chez elle.

Par le biais de l'annonce de l'existence de ce fameux secret, Sarah ajoute une couche supplémentaire au mystère qu'elle entretient depuis son revirement en fin de matinée.

Les mailles de la nasse dans laquelle se débat Brewen sont de plus en plus serrées. Même un asticot ne pourrait s'en échapper.

Impossible pour lui à présent de faire une quelconque tentative d'évasion.

Tout est vérouillé.

Avec le peu de lucidité qui lui reste, *(dans le taxi qui les conduit vers le XVII ème arrondissement de Paris)*, il se demande pourquoi cela devrait obligatoirement se passer chez elle.

La pertinence de son questionnement n'est plus à démontrer, d'autant plus que les conditions émises par son ex pour lui délivrer son secret sont abusives et ne sauraient l'obliger en aucun cas : il est divorcé.

Mais, n'est pas Brewen qui veut.

Ce Brewen que chacun traiterait de parfait idiot, sait peut-être où il met les pieds.

On peut être un idiot, mais rarement un idiot complet, de la tête aux pieds.

Brewen est un économiste, habitué dans le cadre de son travail à analyser froidement les situations.

Un des aspects de son job vise à comprendre une situation en la décomposant en ses constituants, établissant en tout premier lieu, les critères permettant d'identifier lesdits constituants.

Donc, il est absolument certain que Brewen est intellectuellement armé pour déjouer les ruses de son ex.

Mais l'impression qu'il donne face aux agissements de Sarah semble démontrer le contraire.

Cependant, d'autres aspects dans sa manière de se comporter tendent à démontrer que la vision qu'il a de la situation dans laquelle il se trouve ne semble pas à priori l'inquiéter : sa tranquilité, son calme, le fait de jouer le jeu conformément aux attentes de Sarah, le fait d'aller de plus en plus loin dans son implication dans le jeu "éventé " de son ex, cela ne peut pas être la manifestation de l'intelligence limitée du parfait idiot.

Bien sûr que non !

Car tout d'abord, muni de la plus parfaite des protections à savoir son divorce grâce auquel rien ne saurait ni ne pourrait le contraindre à quoi que ce soit, dans son for intérieur, il reste serein contrairement à l'idée que l'observateur extérieur pourrait avoir en suivant pas à pas l'évolution de la situation depuis la fin de la matinée.

Par conséquent, toutes les gesticulations, toutes les postures, toutes les ruses de son ex ne pourraient l'ébranler même s'il semble subir les derniers caprices de cette ex-épouse pas ordinaire.

Peut-être voudrait-il savoir jusqu'où Sarah est prête à aller pour son baroud d'honneur, en se maintenant dans la position de la personne manipulée ?

D'autre part, sa nature de personne débonnaire *(accommodante, bienveillante, bonasse, brave, coulante, faible, indulgente, pacifique)* qui généralement attire les esprits manipulateurs de tous bords, peut nous conduire à le comparer dans la situation actuelle à une personne bringuebalée de droite à gauche, semblable à une boule prisonnière dans le tambour d'une machine à laver, même si sa volonté ne semble pas entravée par une pression avérée.

Chapitre 5

Une telle nouvelle

vaut

une coupe de champagne.

Boulevard Pereire.

Le taxi vient de s'immobiliser devant un immeuble de construction moderne.

Sarah règle la course puis, s'arrime de nouveau au bras de son ex, le conduit vers l'entrée de l'immeuble et le dirige vers l'ascenseur.

Les pas de Brewen se font hésitants, obligeant Sarah à le traîner avec elle en exerçant une légère contrainte sur le bras auquel elle est accrochée.

Brewen est ainsi forcé de suivre le mouvement jusque devant la porte de l'ascenseur.

Sarah presse sur le bouton d'appel de l'ascenseur.

Une fois à l'intérieur, elle semble se détendre enfin : sa proie est dans la cage.

Brewen est sur ses gardes, surveillant du coin de l'œil sa geôlière en tailleur chic.

Mais Sarah ne tente rien. Elle reste bien sage.

Sixième étage : la porte de l'ascenseur s'ouvre. Sarah le pousse gentiment hors de l'ascenseur et lui reprend le bras aussitôt.

Deux à trois mètres plus loin, les voilà devant la porte de l'appartement de Sarah.

Elle cherche fébrilement ses clés au fond de son sac, ayant oublié dans son agitation qu'elle les range toujours tout au fond à gauche pour les retrouver facilement. Elle finit par les trouver, ouvre la porte et invite Brewen à entrer le premier.

Il s'exécute mais marque un arrêt dans le vestibule, tandis que Sarah finit de fermer la porte à double tour. Elle remet les clés dans son sac et se dépêche d'aller le cacher dans sa chambre à coucher.

De retour au salon, le sourire aux lèvres :

« *Mets-toi à l'aise chéri !* »

Brewen tente de reprendre le contrôle.

« *Je t'ai dit que je n'ai pas beaucoup de temps à te consacrer. Dis-moi vite ce que tu voulais me dire pour que je puisse m'en aller. Je dois partir. Je dois retrouver des amis. Nous avons des projets pour la soirée.* »

Sarah voit rouge.

« *Humm ... Des amis ?* »

« *Oui des amis !* »

« *Qui sont ces amis ? Je les connais ? Eh bien ils attendront ! Ce que j'ai à te dire est*

***beaucoup plus important.** **Tu peux me croire.** »*

Brewen commence à s'agiter.

Une chaleur incontrôlable parcourt son corps de la tête aux pieds. Il se sent mal à l'aise.

La sensation créée par son enfermement n'a rien à voir avec celle qu'il vient de vivre au grand air sur les berges de la Seine.

Il pouvait sen aller à tout moment mais à présent, il lui faut trouver la "bonne clé" pour déclencher la bienveillance de sa geôlière qui à première vue, ne semble pas disposée à coopérer.

C'est bien la première fois qu'il ose manifester sa mausaise humeur en présence de Sarah qui exerce un contrôle total sur la situation.

Les clés de sa porte sont au fond de son sac et Brewen sortira de l'appartement que si elle décide de le laisser partir.

La situation est sur le point de s'envenimer.

Sarah va s'installer sur le canapé en face, ayant en point de mire Brewen dont la mine est serrée.

Il abhorre celle qui est devenue depuis la fin de la matinée, un caillou dans sa chaussure.

Cependant, il se souvient des colères mémorables de Sarah. Ce n'est donc pas le moment de créer les conditions d'un bras de fer qui ne tournera pas forcément à son avantage.

Alors, revenu à la raison, il tente une autre approche, se faisant plus miélleux.

« ***Chérie, que veux-tu me dire ? Dis-le moi s'il te plaît. J'ai hâte de savoir.*** »

Sarah ne réagit pas.

Brewen se lève et va s'installer sur le canapé, aux côtés de son ex.

Il lui prend la main et se met à la serrer

délicatement comme pour lui signifier son désir d'être proche d'elle.

Sarah se laisse faire, puis soudain :

« ***Faisons l'amour !*** »

Injonction de taille qui ruine les tentatives de Brewen.

« ***Tu crois que c'est le moment ?*** »

répond Brewen.

« ***Oui, c'est toujours le moment. Et vu ce que j'ai à te dire, ce serait les conditions idéales pour te livrer mon secret.*** »

Brewen lâche sa main, se lève et va s'installer dans le fauteuil en face.

Reprise de la guerre des nerfs.

Un instant plus tard, Sarah se lève, se dirige vers la cuisine et revient avec un seau à champagne garni d'une bouteille de champagne millésimé.

Elle se dirige vers la chambre à coucher pour déposer le seau puis, se redirige vers la cuisine pour récupérer deux coupes à champagne.

Elle redisparaît dans la chambre à coucher.

Chapitre 6

Payer pour savoir.

Quelques instants plus tard :

« *Tu viens ? ... Je t'attends chéri.* »

Le sang de Brewen se glaça dans ses veines.

Il a le tournis :

— d'un côté, une invitation à rejoindre une femme pétrie de désirs charnels dans sa chambre à coucher, une jeune divorcée désirable, bien décidée à s'offrir un moment de folies sexuelles inédites pour clôturer sa journée post divorce.

De quoi mettre le feu au corps et le porter à ébullition;

— d'un autre côté, l'impossibilité de pouvoir dissocier cette perspective excitante d'un corps à corps torride, de la mémoire de ce passé terriblement présent en la personne de Sarah, une mémoire qui ne peut faire oublier cette femme perverse au cœur de pierre, capable du pire.

De quoi refroidir les ardeurs les plus folles, les plus fougueuses, les plus fièvreuses, les plus généreuses, les plus infatigables du candidat au dévergondage.

Brewen, raide comme un "i" dans ce fauteuil dans lequel il est assis en cet instant précis, est partagé entre ces deux sentiments contradictoires.

Pourtant, seuls quelques pas séparent ce fauteuil de la porte donnant sur la chambre à coucher.

Une distance qu'il a du mal à saisir par l'esprit.

Deux à trois mètres qui sont pour lui à la fois une immensité et le dernier espace terrestre de liberté, espace qui le protège contre l'inconnu, caché derrière la porte de la chambre à coucher.

Ce rempart le met hors d'atteinte de sa meilleure ennemie prénommée Sarah, mais un rempart qu'il faudra tôt ou tard franchir coûte que coûte pour aller *(tel l'archange Michel)* combattre le démon qui est tapi au fond de l'esprit torturé *(voire délabré)* de sa geôlière au milieu des ruines d'un passé que cette dernière a du mal à évacuer.

Le tourment de Brewen est à la hauteur de son désir d'être ailleurs, parmi ses amis, entamant et savourant les premiers instants de sa liberté chèrement acquise.

Savoir ou ne pas savoir : tel est l'enjeu de cette situation.

Qui est plus qualifié que lui pour savoir si oui ou non, il est déterminé à connaîte ce secret ou non, si ce n'est lui-même ?

Au fond de son esprit, les effets du jeu pervers savamment orchestré par Sarah font grandir en lui, de minute en minute, la tentation de savoir.

Après tout, qu'a-t-il à perdre en se rendant dans cette chambre qu'il ne connaît pas mais dans laquelle, rien ne pourrait être pire que ce qu'il vient de vivre depuis la fin de la matinée ?

Alors, d'un bond il se redresse. Il prend le chemin de la chambre à coucher sans se presser.

Dans l'embrasure de la porte de la chambre à coucher, Brewen aperçoit Sarah toujours dans son tailleur chic, assise au bord de son lit.

Il est surpris.

Il s'attendait à une situation différente de celle qui se présente à lui.

Il avait imaginé en se rapprochant, *(comme le feraient en pareilles circonstances, des milliers hommes ordinaires comme lui, des hommes normalement constitués)*, une vision différente de celle qui s'offre à ses yeux, à savoir :

Sarah toute nue, étendue sur le lit, offerte, ne demandant qu'à être prise par lui et *in fine*, recevoir le secret, se rabiller et s'en aller triomphant de ce démon qu'il aurait réussi à vaincre sans trop de mal.

En l'apercevant, Sarah se mit debout, le visage souriant.

Très calmement et toujours égale à elle-même, elle lui dit sur un ton triomphant :

« ***Déshabille-toi !*** »

Nouvel écueil sur le chemin de sa libération.

Cette fois-ci, la coupe est pleine, mais que faire ?

Alors, avec la lenteur légendaire du Paresseux *(mammifère arboricole des forêts d'Amérique centrale et d'Amérique du Sud)*, Brewen se dévêtit.

A présent, il est tout nu devant Sarah toujours dans son tailleur chic.

Elle ne le quitte pas des yeux.

Elle le regarde sous toutes les coutures.

Elle le regarde intensément.

Elle semble redécouvrir le corps de son ex.

Elle put ainsi vérifier qu'elle lui fait encore de l'effet en observant les signaux émis par son corps d'homme viril qui trahit ses réelles intentions.

Puis, elle s'avance vers le seau à champagne posé sur sa table de chevet.

Elle saisit la bouteille de champagne, la débouche et remplit les deux coupes posées à côté.

Elle prit les deux coupes et tend celle de sa main gauche à Brewen, toujours debout, nu comme un ver de terre.

« *A nous !* »

dit-elle en guise de toast.

Malgré l'inconfort dans lequel sa nudité le place face à Sarah toujours habillée, Brewen porte la coupe à ses lèvres et prit une gorgée du fameux nectar des dieux.

Sarah qui ne le quitte pas des yeux, attend de le voir consommer sa coupe de champagne avant d'en faire autant.

Elle récupère ensuite la coupe de sa main, la dépose sur la table de chevet et lui dit avec la même assurance :

« *Déshabille-moi !* »

Brewen pousse un soupir d'agacement de se voir ainsi instrumentalisé de la sorte.

Alors, bon gré mal gré, il s'avance vers elle et commence à la dévêtir.

Sarah se laisse faire, mais ne le quitte pas du regard.

Il parvint à la dernière étape, celle à l'issue

de laquelle, Sarah est à présent, l'expression de la femme ordinaire, ni arrogante, ni méprisante : une femme dans toute sa splendeur, tout simplement.

Brewen baisse pudiquement les yeux.

Sarah le remarque.

« *Regarde mon corps chéri ! ... Il est tout à toi.* »

dit-elle en murmurant.

Brewen lève les yeux et se met à la dévisager.

« *Regarde-moi ! ... Regarde-moi toute entière !* »

insiste Sarah qui voudrait capter toute son attention, l'impliquer davantage dans ce qui va suivre et non pas le voir agir tel un robot obéissant aveuglément à ses injonctions.

En remontant loin dans ses souvenirs, Brewen ne peut évoquer de tels instants se rapportant à un face à face de ce type avec son ex-épouse au moment de s'unir à elle.

C'était des moments furtifs, parfois volés, parfois pour faire comme tout le monde : accomplir le devoir conjugal.

C'était ça, à l'époque.

Mais ne nous égarons pas.

Comparons ce qui est comparable : des préliminaires librement consentis, éveillant les sens en les mettant en ébullition d'un côté et de l'autre, une farce déguisée en un jeu sexuellement pervers, pauvre, dénué de charme et d'attrait, ne présentant aucun intérêt.

Mais l'heure n'est pas propice à ces considérations : Brewen doit continuer ce jeu qui le rend de plus en plus nerveux.

D'un geste conquérant, Sarah le prend par la main et l'entraîne lentement vers le lit, le lieu du sacrifice ultime.

Chapitre 7

Et maintenant ?

Après ce qui vient de se passer, Brewen se sent en capacité d'exiger d'elle la réciprocité.

Le marché conclu doit être respecté dans son entièreté. Sarah ne peut plus se dérober, inventer et ajouter une clause supplémentaire à ce simulacre de contrat.

Mais, Sarah n'entend pas cela de cette oreille.

Elle a d'autres ressources dans son sac, d'autres exigences à faire valoir avant de livrer son secret.

« Chéri, tu as aimé ? »

demande t-elle toujours allongée à côté de Brewen.

Pour toute réponse :

« Dis-moi ce que tu as à me dire et laisse-moi partir. »

« Tu n'as pas aimé? »

« Je n'ai pas à aimer ou ne pas aimer. Tu as voulu ça et on l'a fait. Que veux-tu de plus. Je dois partir maintenant. ... Montre-moi la salle de bain s'il te plaît. »

« Chéri, Pourquoi tu ne veux pas me répondre? ... Dis-moi que tu as aimé et je te laisse partir. »

Brewen sent la moutarde lui monter au nez.

« Oui j'ai aimé ... Oui j'ai aimé ! Je peux partir maintenant ? »

« *Moi aussi j'ai aimé. Tu veux recommencer ?* »

Brewen durcit le ton.

« *Je veux recommencer rien du tout. Je veux rentrer chez moi.* »

« *Reste avec moi chéri. J'ai besoin de toi* »

Devant cette situation ubuesque, Brewen se lève et cherche l'entrée de la salle de bain.

Quelques instants plus tard, il revient dans la chambre et remet ses vêtements un à un.

Toujours allongée dans le lit, Sarah l'observe.

Elle est impassible.

Elle ne dit plus rien face à Brewen qui est à présent totalement habillé.

« *Tu ne veux plus savoir mon secret ?* »

« Non ! »

répond sèchement Brewen.

« *Je vais quand même te le dire mais après le dîner.* »

Brewen devient rouge écarlate.

Il tente le tout pour le tout, alternant des phases de colère et des moments de douceur pour lui faire entendre raison.

Mais en vain. Rien à faire. Il est face à un mur.

Sarah prend tout son temps dans la salle de bain.

Elle en ressort parfumée, les yeux maquillés, en déshabillé de soie couleur chair.

Elle retrouve Brewen retourné d'autorité dans le salon, fulminant, piaffant d'impatience.

Il est 19 heures.

Elle lui propose un apéritif.

Il décline l'offre.

Elle retourne dans la chambre récupérer le seau à champagne.

Une fois la bouteille raffraichie, elle remplit à nouveau d'autorité les deux coupes à la cuisine et retourne au salon.

« *Tu te sens si mal avec moi après ce qui vient de se passer ?* »

dit-elle, faisant semblant d'être triste.

« *Il ne s'est rien passé. Nous n'avons pas fait l'amour. Nous avons baisé comme des bêtes, rien de plus. Pas vrai ?* »

Sarah éclate en sanglots.

Brewen ne se laisse pas émouvoir.

« *Je te le redis pour la dernière fois, laisse-moi partir. Cela a assez duré maintenant.* »

« *OK, je te le demande comme un service : reste dîner avec moi ce soir, après on se*

« quitte. C'est correct ? »

« Comment te croire après tes entourloupes ? »

« Tu n'es pas obligé de me croire. ... Pour te rassurer, je vais remettre la clé dans la serrure de la porte d'entrée. Ainsi tu pourras partir quand tu voudras. »

Sarah joint le geste à la parole. La clé est dans la serrure.

Mais Brewen reste assis dans son fauteuil.

Troisième erreur de la journée.

Sarah observe tout celà du coin de l'œil .

Elle quitte le salon, regagne la cuisine et commence à préparer le dîner.

Chapitre 8

Une alliée de taille.

La préparation du dîner va bon train.

Sarah s'affaire à la cuisine. Elle revient de temps en temps au salon jeter un coup d'œil.

Brewen, toujours assis dans son fauteuil, finit par accepter la coupe de champagne précédemment proposée par son hôtesse.

Cette coupe de champagne a un meilleur goût. Il peut la boire à présent, sans se sentir humilié comme il l'a été quelques instants plus tôt.

Il n'est vraiment pas rancunier ce brave Brewen.

Il semble plus détendu à présent qu'il sait que plus rien ne pourrait l'empêcher de s'en aller. Il se sent presque bien en ce lieu où les pièges sont légion.

Comment cela peut-il se faire après ce q'il vient de vivre ?

Que se passe-t-il dans sa tête ? A quoi pense t-il ?

Au secret qui n'a pas encore été dévoilé ?

Au fond de lui, a-t-il aimé ce rapprochement inattendu avec Sarah ? En a-t-il encore envie ? Son désir pour elle est-il intact ?

Une sorte de torpeur l'envahit.

Mais ce fut de courte durée, car les pas de Sarah revenue dans le salon, le tirent de sa léthargie.

Elle l'invite à la rejoindre dans la cuisine

pour dîner avec elle, en toute simplicité, à la bonne franquette selon la formule consacrée.

Le dîner vient de commencer. Tout semble bien se présenter.

Sarah est ravie de cette présence inattendue à sa table.

Au menu, un pâté de campagne en entrée, suivi d'une tranche de jambon de Bayonne accompagnée d'une salade verte agrémentée de tomates cerises. Du fromage et un yaourt à la myrtille.

Sarah lui propose du vin rouge, mais se verse un verre d'eau à elle-même.

De quoi surprendre Brewen.

Soudain, sans aucun signe annonciateur, une grosse pluie se mit à tomber sans discontinuer, accompagnée de vents violents faisant vibrer les volets de l'appartement.

Sarah se lève, passe de pièce en pièce, vérifie la fermeture des fenêtres. Elles sont bien fermées. Elle est rassurée.

A son retour à la cuisine, Sarah profite de la situation pour sonder le terrain. Elle ne veut pas laisser passer le petit coup de pouce de la providence qui *(selon elle)* a permis à cette pluie et à ces vents violents d'arriver au bon moment, donnant ainsi l'occasion à Brewen de retarder son départ.

« *Chéri, tu pourras rentrer sous cette pluie battante ? ... Il faudra peut-être attendre que ça se calme. Non ?* »

dit-elle innocemment en l'interrogeant du regard.

« *Ne t'inquiète pas pour moi.* »

répond laconiquement Brewen qui ne semble pas se préoccuper outre mesure de cet aléa météorologique.

Cette réponse n'est pas de nature à la rassurer.

Son souhait le plus cher, c'est que Dame

Nature puisse alimenter la réserve d'eau à volonté afin que jamais ne cesse la pluie.

Mais comble de malheur, deux minutes plus tard, la pluie cessa.

"Zut !" se dit-elle.

Il lui faudra créer ou évoquer un autre événement pouvant contraindre Brewen à reconsidérer sa décision de rentrer chez lui le moment venu.

Mais quoi ?

Le temps presse, le dîner touche à sa fin.

Brewen racle le fond de son pot de yaourt, dernières minutes de ce dîner qui se termine malheureusement au grand désespoir de l'hôtesse des lieux.

A présent, plus rien ne le retient.

Juste se lever, aider *(le cas échéant)* pendant quelques minutes à débarasser la table et ranger les assiettes dans le lave-vaisselle, remercier son hôtesse, prendre son imperméable et s'en aller sans se retourner.

En principe, oui.
Logiquement, oui.
Mais !!!!!

« *Chéri, tu ne veux plus que je te parle de mon secret ?* »

lance avec perfidie Sarah à court d'arguments pour le faire rester.

« *Non, vraiment. … Il est tard, je dois rentrer maintenant.* »

« *OK, mais avant que tu partes, je voudrais que tu saches que je suis enceinte.* »

Chapitre 9

Coup de tonnerre.

Cette révélation a fait l'effet d'un coup de massue.

Brewen est sonné.

Il avait tout imaginé, sauf s'entendre dire le soir de son divorce qu'il va être papa.

Il en a rêvé bien des fois mais jamais cela n'arrivât.

Il ne peut se résoudre à considérer cette information comme plausible, surtout venant de Sarah qui est à la maoeuvre pour le reconquérir.

Il est partagé entre le doute et la joie.

« *Tu es sérieuse ?* »

interroge Brewen.

« *Crois-tu que c'est un sujet sur le lquel je peux plaisanter ? … Si tu ne veux pas de ce bébé c'est pas grave. Au revoir.* »

Sur ces belles paroles, Sarah, le visage serré, se lève et disparaît dans la chambre à coucher, laissant Brewen toujours assis à la table de la cuisine.

Après cette sortie théâtrale, réfugiée au fond de son lit, elle attend que Brewen aille à elle, de lui-même, après avoir encaissé le choc provoqué par sa révélation.

Croire ou ne pas croire, telle est la question.

La tête entre les deux mains, Brewen reste prostré pendant un long moment, oubliant l'heure qui tourne.

Puis il décide d'aller la retrouver dans sa chambre.

« *Il se fait tard. On pourra se revoir un autre jour pour discuter de cette affaire, si tu veux bien.* »

Sarah voit rouge. Elle lui saute à la gorge.

« *Tu appelles "cette affaire" le bébé qui est dans mon ventre et qui vit en moi ? … Ecoute, si c'est tout ce que tu trouves à me dire, alors, au revoir. Laisse-moi me reposer. Claque la porte en sortant.* »

Toujours mû par cette force bizarre qui l'habite depuis la fin de la matinée, Brewen ne saisit pas la balle au bond.

Il jette un coup d'œil à sa montre : 20h30.

« *Alors, discutons !* »

dit-il pour tenter de désamorcer ce conflit qui commence à poindre à la suite du coup d'éclat de Sarah, tapie au fond de son lit.

« *On procède comment ? Tu reviens au salon ?* »

ajoute t-il.

« *Non, je suis fatiguée, viens dans le lit si tu veux.* »

répond Sarah cachée dans la pénombre de sa chambre.

Timidement, Brewen avance vers le lit, et pose une fesse sur le matelas au pied du lit.

« *Tu peux venir dans le lit, je ne vais pas te manger.* »

Ceci dit, Sarah quitte le milieu du lit, libère le deuxième oreiller coincé dans son dos et, se met sur le côté pour lui aménager un peu plus de place.

Brewen hésite en voyant la manoeuvre puis, enlève ses chaussures et s'installe dans le lit à côté d'elle.

Sarah jubile.

« *Tu es content ? Nous allons avoir un bébé.* »

« *Tu te rends compte de ce que tu dis? Nous sommes divorcés. Tu te souviens ?* »

« *Je te l'ai déjà dit ce matin : oublie ça !* »

« *D'ailleurs, comment peux-tu être enceinte de mes œuvres ?* »

Sarah se redresse dans le lit et se tourne vers lui.

« *Tu ne te souviens pas, juste avant ton départ, la dernière fois que nous avons dormi ensemble …. et que je voulais que nous fassions l'amour une dernière fois ? … Tu te souviens ?* »

« *Tu m'as donc piégé ?* »

« *Non chéri, la providence n'a pas voulu de cette séparation. Tu ne crois pas ?* »

« *Non ! Laisse la providence en dehors de*

ça. Tu m'as piégé. Je n'apprécie pas du tout. »

« *Crois ce que tu veux chéri. En attendant, notre bébé grandit en moi. N'est-ce pas émouvant que ce minuscule embryon remplie de vie, soit venu nous rappeler que l'amour doit triompher parce que l'amour est plus fort que tout le reste ?* »

« *Arrête tes conneries, tu veux bien ? Dans tous les cas, je dois consulter mon avocat. Je te conseille de faire de même.* »

« *Pourquoi cherches-tu à compliquer les choses ? Une chose est certaine : je n'ai pas l'intention d'avorter. Ne compte pas la-dessus pour t'en tirer. J'ai envie de porter notre bébé dans mes bras.* »

« *Alors, tu ne verrais pas d'inconvénient à ce que je réclame un test de paternité à la naissance du bébé , si bébé il y a ?* »

Chapitre 10

Que penser ?

22h15.

Tiraillé entre son désir de paternité *(exacerbé depuis la révélation de son ex)* et la tentation de couper court à cette discussion qui n'a pas lieu d'être, Brewen réfléchit sur la suite à donner à cette affaire.

Il ne dit plus rien. Sarah non plus. Ils sont sur le lit, côte à côte comme deux étrangers.

« ***Tu ne dis plus rien ?*** »

demande Sarah à court d'arguments.

« Que veux-tu que je dise ? Tout n'a pas déjà été dit ? »

« Non ! »

« Ah ? Que veux-tu que je te dise de plus dans l'état actuel de la situation ? »

« Par exemple, me demander comment nous allons nous organiser pour les semaines à venir. »

Brewen est interloqué.

« Nous organiser pour faire quoi ? »

« Savoir si nous devons rechercher un nouvel appartement pour préparer l'arrivée de notre bébé. »

« Sarah, tu sais que tu es folle ? »

« Pourquoi tu m'insultes, chéri ? »

dit-elle, le cœur meurti.

« Je te repose cette question pour la nième

fois : te souviens-tu que nous sommes divorcés ? »

« Oui chéri, oui oui et oui ! Mais rien ne nous empêche de nous remettre ensemble pour accueillir notre bébé. »

Brewen pousse un gros soupir.

Que faire face à une personne qui ne veut ni entendre la raison, ni appréhender la réalité ?

Il se lève, remet ses chaussures et se dirige vers la porte.

« Tu t'en vas ? »

« Oui ! »

« Alors, attends , je vais te remettre quelque chose. »

Sarah se lève et va chercher dans son armoire, le double de la clé de l'appartement qu'elle glisse d'autorité dans la poche de Brewen.

« *Comme ça, tu pourras passer quand tu veux.*
Au revoir mon chéri.
Rentre bien et sois prudent.
Ton bébé aura besoin de toi, alors, sois prudent, vraiment. »

Elle se met sur la pointe des pieds pour atteindre les lèvres de Brewen et lui donne un long baiser.

Brewen s'en alla, à la fois soulagé d'être enfin libre mais préoccupé par la révélation.

Le lendemain, il téléphona à son avocat.

« *... voilà Maître ce qui m'arrive. Que dit le code ?* »

« *Le code civil français est formel :*

Lorsque l'épouse tombe enceinte pendant la procédure de divorce, (et je crois que c'est votre cas), *le mari est considéré par principe comme le père de l'enfant.*
Il n'est donc pas indispensable d'effectuer

une reconnaissance anticipée de paternité.

En effet mon cher Monsieur, la présomption de paternité s'étend jusqu'au 300ème jour après la dissolution du mariage pour une procédure de divorce par consentement mutuel. Lors d'une procédure contentieuse, la présomption de paternité s'étend jusqu'au 300ème jour après l'ordonnance de non conciliation.

C'est clair ? »

« Oui Maître, très clair à mon grand regret »

« Alors, je vous adresse toutes mes félicitations Monsieur. »

conclut l'avocat sur une pointe d'ironie.

« Merci Maître ! »

Chapitre 11

En attendant bébé.

Les jours passent.

Les semaines se succèdent les unes aux autres.

Le ventre de Sarah est de plus en plus visible.

Le bébé se porte bien, à en croire les résultats des échographies auxquelles Brewen a toujours été convié en sa qualité de "futur papa".

Ses visites Boulevard PEREIRE sont plus fréquentes.

Sa relation avec Sarah est apaisée, mais il refuse obstinément d'aller vivre chez elle, à son grand désespoir.

Un jour, en discutant avec sa soeur qui a été mise au courant de la situation, cette dernière lui rappela un fait dont il ne se souvient pas.

Elle évoqua les craintes du médecin de famille à l'époque de son adolescence sur sa possible stérilité lorsqu'il avait contracté les oreillons et que ses testicules avaient été atteintes par la maladie.

Elle lui conseilla de faire des examens pour en avoir le cœur net.

Cette nouvelle le bouleversa au plus haut point.

Il lui sera donc permis de remettre en cause la responsabilité de cette paternité que Sarah tente de lui faire endosser.

Ce serait une bonne nouvelle si réellement il est stérile. Une nouvelle porte de sortie dont il pourra bénéficier au cas où, si toutefois, tel est son désir.

En réfléchissant, il se souvient que Sarah n'est jamais tombée enceinte durant toute leur vie maritale. Il n'a pas non plus le souvenir de l'avoir vue se prémunir contre une grossesse non désirée en prenant la pilule contraceptive par exemple, ou bien encore, de se faire refouler lors de ses approches sexuelles à des périodes inappropriées, pour éviter de la mettre enceinte contre sa volonté.

Ce sont des événements notables dans la vie d'un couple normalement constitué.

Oui mais ce n'était pas le cas chez eux.

C'était "open bar" toute l'année, mais aucune grossesse n'a été signalée.

Pour l'heure, la situation est une nouvelle source de préoccupation installée durablement dans sa pauvre tête déjà bien malmenée depuis la révélation.

Que faire ?

D'aucun dirait, quoi de plus simple en effet que de se lever, prendre rendez-vous dans un centre médical dédié pour effectuer un spermogramme en bonne et due forme ?

Qu'est-ce qui est difficile dans cette affaire et qui pourrait l'empêcher de savoir enfin la vérité sur sa capacité à procréer ou non, en attendant de pouvoir demander une éventuelle recherche en paternité lorsque le bébé viendrait au monde ?

Rien à priori.

Mais dans sa tête, il subsiste une chose qui le bloque : son désir de paternité.

Car, à supposer qu'il soit réellement inapte à la reproduction, il serait condamné à ne jamais avoir de descendance sauf si, comme le dit Sarah, la providence lui offre un bébé sans exiger quoi que ce soit en retour.

Un cadeau divin en somme.

Alors : savoir la vérité ou avoir un bébé ?

Il veut s'accorder du temps pour y réfléchir.

Pour l'instant, il essaie d'occulter ce doute *(instillé par sa soeur dans son esprit)* qui commence à lui gâcher la vie.

Sarah remarqua que quelque chose le préoccupe. Mais jamais elle ne céda à la tentation de le questionner. Elle pourrait entendre des choses qui remettraient en cause l'équilibre précaire qu'elle a réussi à mettre en place entre lui et elle.

Elle ne veut pas de cela : elle ne veut pas être stressée.

Madame est enceinte.

Chapitre 12

Un petit coup d'œil dans le rétroviseur.

La précrastination n'est pas dans les gènes de Brewen.

Bien au contraire.

Cependant, il ne faut pas perdre de vue que sa principale difficulté tout au long de sa vie *(face à des événements pour lesquels, une réaction immédiate est requise)*, a été de parvenir à se mettre en état d'agir, en ordre de marche.

En résumé, il est lent à la détente.

D'aucun dirait qu'il marche au diesel.

Il est ainsi fait.

Sarah n'est jamais parvenue à le changer, ce qui lui a valu bien des déboires conjugaux comme nous l'avons vu tout au long de cette histoire.

Peut-on changer la nature profonde d'un individu qui est programmé pour agir à l'inverse de l'esprit de compétition *(dont la condition primordiale est la célérité),* qui gouverne la société dans laquelle nous vivons?

Une vraie gageure, n'est-ce pas ?

Peut-être.

Mais le credo de Brewen est le suivant :

"En remettant au lendemain ce que l'on peut faire aujourd'hui, la plupart des choses à faire s'arrangent d'elles-mêmes".

Faux ?

Non, pas tout à fait si l'on sait se prémunir contre ce lendemain qui peut réserver bien des surprises.

Un proverbe espagnol dit :

"Demain est souvent le jour le plus chargé de la semaine".

Alors, mieux vaut donc être bien structuré, hyper organisé et d'une logique implacable pour tirer son épingle du jeu.

L'autre point qui caractérise Brewen, c'est son empathie vis-à-vis de ses semblables, sa propension à s'identifier à autrui et à ressentir ce qui touche autrui de manière exacerbée, de se mettre à la place de l'autre.

Comment peut-il alors, faire des choix raisonnables lorsque ce trait de caractère le conduit inexorablement dans le sentier de la déraison, même si la pertinence de son raisonnement ne peut être remise en question ?

Comment peut-il gérer ses propres décisions si sa fatigue émotionnelle induite par son empathie vis-à-vis de ses semblables, l'empêche d'être au mieux de sa forme ?

Vastes questions en effet.

Chapitre 13

Un poisson d'Avril nommé

Jeanne.

Le 1er Avril de l'année d'après le prononcé du divorce, *(comme un clin d' œil de la providence),* Sarah met au monde une adorable petite fille qu'elle prénomma *(perfidement)* "Jeanne", le prénom de la défunte maman de Brewen.

Un coup de génie encore une fois.

A son arrivée à la clinique avec un gros bouquet de roses rouges à la main, Brewen *(le cœur battant)* fit la connaissance de sa *"fille"*, la bien nommée Jeanne, celle dont le prénom remettra à jamais en mémoire celui de sa maman trop tôt rappelée à Dieu lorsqu'il avait 20 ans.

Il ne put s'empêcher de verser quelques larmes en la prenant dans ses bras.

Elle est si petite, si fragile dans ses bras si puissants.

Dans son esprit, l'arrivée de Jeanne pourrait permettre la remise des compteurs à zéro.

Celà veut-il dire que le divorce passe à la trappe et que la vie peut recommencer comme au début ?

Oui, peut-être.

Il est à deux doigts de reconsidérer la demande de Sarah qui voudrait refaire un mariage, *(un vrai cette fois-ci)* à l'église afin que Dieu en personne vienne bénir cette union qui vient de renaître de ses cendres, en présence de Jeanne.

Tout un programme !

La machination de Sarah aura alors parfaitement fonctionné.

Un coup de maître.

Bravo l'artiste !

Mais, passés les premiers instants d'émotion, son humeur s'assombrit.

Au fond de son esprit demeure l'idée que le bébé qu'il tient dans ses bras n'est pas le sien.

Le moteur diesel est à présent en marche et tourne à plein régime.

La voix de sa soeur résonne à nouveau dans sa tête.

Et si c'était vrai que ses testicules ont cessé de fonctionner depuis l'épisode des oreillons ?

Mais alors, qui est le père de cette créature qu'il tient dans ses bras, créature semblable à une tromperie personnifiée faisant suite à sa volonté machiavélique de travestir le faux pour empécher la manifestation de la vérité ?

Comment a-t-elle pu croire que sa supercherie puisse trouver chez lui un écho et un accueil favorables ?

Alors, il se met à dévisager cette enfant innocente, à moitié endormie, calée dans ses bras, le visage encore rougi par le l'épreuve de son extraction de la matrice maternelle, le corps parcouru de temps en temps par des spasmes post natal.

Il la dévisage encore et encore.

Il recherche désespérément une quelconque ressemblance sur ce visage dont les traits ne lui livrent aucune des réponses attendues.

Sa méconnaissance de l'évolution des traits du visage d'un bébé, crée chez lui, un doute qu'il ne peut effacer de son esprit.

Cela le rend nerveux.

Sarah se rend compte qu'il se passe quelque chose.

Elle a peur de l'interroger, mais le fixe intensément.

Soudain, Brewen se rapproche de son lit et lui tend le bébé.

"Qui est le père de cette enfant ?" demande t-il froidement.

Sarah est prise d'un tremblement.

"C'est toi chéri. ... Pourquoi cette question maintenant ? Est-ce le moment ? Comment peux-tu offenser l'âme innocente de cette enfant, je veux dire notre enfant ? "

Brewen ne se laisse pas attendrir par sa soudaine sensiblerie.

" Pose la main sur la tête de cette enfant et jure moi que je suis son père, si tu oses l'affirmer. "

Sarah n'en croit pas ses oreilles.

Elle a la gorge nouée. Elle a soif.

D'une voix tremblante :

" Comment veux-tu que je jure sur la tête de cette enfant qui vient à peine de naître ? … T'es sérieux, dis ? .. Est-ce le moment ? .. Est-ce le lieu pour avoir cette discussion ? "

Brewen tente un coup de pocker :

" Oh oui absolument ! ... A mon tour de te livrer un secret : Je suis stérile … Pour la dernière fois, dis-moi qui est le père de cette enfant. "

Sarah éclate en sanglots en serrant sa fille dans ses bras.

"Chéri, je viens d'accoucher. … Pitié ! .. Je suis épuisée. … Pourquoi cherches-tu à gâcher cet instant de bonheur au lieu de t'asseoir près de nous, et nous prendre Jeanne et moi dans tes bras pour nous réconforter ? "

Pour la première fois, sa légendaire arrogance ne lui est d'aucun secours.

Pour la première fois, elle ne peut soutenir le regard insistant de Brewen qui attend sa réponse.

Elle ne le reconnaît pas.

Elle se sent démunie face à la soudaine montée d'autorité de celui-là même qu'elle a dominé toute sa vie.

Chapitre 14

A l'autre bout de la lorgnette.

A sa sortie de la maison de repos, Sarah avait revu le lunetier.

Elle voulait régler ses comptes avec lui pour tenter de guérir du traumatisme qu'elle a subi lorsqu'elle était sous son influence.

Cela pourrait faire sourire en se demandant quelle est cette thérapie qui consiste à revoir son ancien bourreau pour définitivement guérir d'un traumatisme ?

En complétant ce questionnement, il serait également possible de se demander avec raison *(et avec une pointe d'ironie)* si elle n'avait tout simplement pas eu envie de remettre le couvert encore une fois et que le besoin d'une vie pimentée lui était nécessaire pour exister.

Et pour cela, seul le lunétier a la capacité et cette qualification pour lui apprter ce petit supplément de piquant qui manquait à sa vie, rôle dans lequel, son expertise n'était plus à démontrer.

Admettons.

Mais à sa décharge, il serait utile de préciser que le protocole mis en place par le psychiatre qui l'avait suivie lors de son séjour à la maison de repos, préconisait à des fins thérapeutiques *(dans la mesure du possible)* de retourner sur ses pas afin de s'assurer que l'auteur de son traumatisme ne puisse plus représenter de danger pour elle à l'avenir, et que le fait de le revoir ne soit pas l'occasion pour elle, une nouvelle descente aux enfers.

En somme, revenir sur le champ de bataille pour constater la mort du dragon, poser le pied sur la tête de la bête terrassée pour la photo souvenir, repartir triomphante, la tête haute et le torse bombé.

C'était le principe énoncé.

Mais, ce jour-là, lorsqu'elle pénétra dans la boutique du lunetier et qu'elle se retrouva face à ce monsieur qui a conservé son emprise sur elle, elle ne put décliner son invitation *(voire son commandement)* à aller déjeuner avec lui.

Au cours du déjeuner, Sarah tenta veinement de déballer ce qu'elle a sur le coeur, se faisant systématiquement contrer à chacune de ses récriminations par celui là-même qu'elle était venue "éradiquer".

Le déjeuner se termina par une quasi injonction de le suivre à leur hôtel de passe habituel.

Célébrer les retrouvailles, passe aussi par cette formalité usuelle.

Elle le suivit comme un toutou bien dressé, incapable de manifester la moindre rebellion.

Rebelote !

Reprise des bonnes vieilles habitudes, sans les sévices corporels cette fois-ci.

Monsieur consent à faire un effort pour ne plus la traumatiser, du moins, ne plus porter atteinte à son intégrité physique.

Cela pourrait se voir.

Parole d'homme !

Pari tenu.

Pendant plusieurs semaines, la fréquentation de l'hôtel de passe n'a pas cessé. Bien au contraire.

La thérapie n'a servi à rien.

Elle repartait aux rendez-vous sans ses sous-vêtements, se pliait aux caprices de son maître qui avait repris du service et qui lui faisait payer son absence qui *(selon ses allégations)*, lui a causé beaucoup de soucis et beaucoup de peine.

Le pauvre !

Alors, pourquoi refuserait-il de reconsidérer le retour de sa proie favorite à ses côtés, une proie soumise, haletante, invitante ?

Vu de l'extérieur, c'est à ne rien comprendre une fois de plus.

Etait-elle libre d'agir de la sorte ou bien, était-elle sous le contrôle d'une aliénation mentale au bénéfice exclusif de son "bourreau" ?

Comment pouvait-elle concilier sa liberté et sa soumission ?

Que signifie pour elle cette notion bizarre de la "libre-soumission" ?

La religion chrétienne pourrait venir à son secours, en la définissant comme le don de sa personne au lunetier à savoir : accepter que sa volonté soit dirigée par ce monsieur à l'appétit sexuel vorace.

En somme, le pouvoir du Christ Roi sur le fidèle dont l'attachement et le dévouement restent constants et ne sauraient faire défaut.

D'autre part, l'impression ressentie par Sarah au plus profond d'elle-même, impression qui ressemble à ce qu'elle croit être la manifestation de sa liberté même si, sa soumission est une réalité tapie au fond de son être, puisqu'elle est conditionnée par l'emprise de son bourreau et sa soif de s'auto-déterminer sexuellement.

La volonté de puissance exercée par le lunetier sur la proie nommée Sarah, se résume simplement par : obtenir davantage de Sarah au nom de cette soumission qui alimente sa volonté de puissance.

Plus sarah manifeste de la soumission, plus sa volonté de puissance prend de l'ampleur.

Le carburant qui alimente le feu de forêt et qui le rend incontrôlable.

Chapitre 15

Quand le passé frappe à la porte.

Sarah ne pouvant plus supporter cette emprise qui a détruit les bénéfices de sa thérapie dans la maison de repos, mit fin une deuxième fois à sa relation avec le lunetier.

La soudaine agressivité de Brewen dans cette pièce de la clinique dans laquelle elle vient d'accoucher, devant l'âme innocente de la petite Jeanne qui vient de naître, ne lui laisse pas la possibilité d'occculter ce passé qui lui colle à la peau et qui se rappelle à son bon souvenir pour la vie à partir de cet instant, par la présence de ce bébé, fruit de sa conduite coupable avec le lunetier.

Elle se souvient parfaitement de ce passé qui a précédé sa demande de divorce.

Elle sait que le doute n'est pas permis, même si, peu de temps avant leur séparation de corps, elle a eu pour une dernière fois *(comme elle l'a rappelé)* un simulacre de sexe avec son mari.

Le coup de poker tenté devant le palais de justice, ne peut trouver sa justification que par le fait qu'il lui faut *(de toute urgence)* trouver un père pour son bébé, la confirmation de la grossesse étant survenue après le lancement de la procédure de divorce.

Elle avait mis Brewen tout nu pour le soumettre et obtenir son adhésion dans une histoire entièrement inventée, mise au point et mise en scène par elle, animée par son esprit machiavélique.

A présent, elle se retrouve dans la position *(peu enviable)* de la fille-mère à la recherche d'un père pour son enfant.

Mais comment avouer cette liaison face à Brewen bien décidé à savoir la vérité sur sa supposée paternité ?

La pénibilité de la révélation de cette vérité exigée par Brewen, lui impose d'aller puiser au fin fond de son humilité *(si elle existe)* pour trouver les ressources nécessaires pour affronter la réaction imprévisible de son ex.

Elle tente un ultime coup de poker.

" *Tu me dis que tu es stérile, soit! ... Pourquoi refuses-tu ce bébé qui pourrait te combler et nous unir à nouveau ? ... Tu ne m'aimes plus ? ... Tu n'as pas envie de créer une famille avec Jeanne et moi ? Tu n'as pas envie de vivre l'expérience d'un foyer marital heureux et chaleureux ? ... Pourquoi refuses-tu ce merveilleux cadeau de la providence ? ... Chéri, je te promets de changer et de t'aimer comme je ne t'ai jamais aimé.* "

Pour toute réponse :

" *Qui est le père de cette enfant ?* "

Sarah est à bout de nerf. Son arrogance légendaire est sur le point de revenir au galop :

"Cela te ferait quoi de savoir qui est le père ? … Et qui te dis que c'est pas toi le père de cette enfant ? "

Brewen sentant venir la grosse dispute :

" *Baisse d'un ton, tu veux bien ? … Tu n'es pas en position d'élever la voix sur moi. … Contente-toi de me dire le nom du père de cette enfant et je m'en irai.* "

Brewen est méconnaissable.

Sarah le sent au bord de la rupture.

Elle tente le tout pour le tout pour semer le doute dans son esprit.

Elle est épuisée. Elle a envie de dormir. Elle veut en finir avec ça.

" *Ok, je t'autorise à introduire une procédure de recherche en paternité. Celà pourrait te convenir ?* "

Elle a visé juste.

Brewen est interloqué.

Et si c'était lui le père ?

Au fond, il n'a jamais cherché à savoir la vérité sur sa possible stérilité suite à ses oreillons.

Rien ne lui certifie qu'il n'est pas en mesure de procréer.

Pour ne pas perdre la face :

" *Ok, je vais contacter mon avocat.*

Je m'en vais. Au revoir . "

" *Tu ne dis pas au revoir à ta fille à défaut de me dire au revoir comme il se doit ? ...*

Je ne te reconnais plus, tu es devenu si cruel , si distant. ... Chéri, ne nous abandonne pas , s'il te plaît ! .. Nous avons besoin de toi. "

Brewen quitte la chambre sans se retourner.

Sarah éclate en sanglots.

Chapitre 16

La force du désir.

Après le départ remarqué de Brewen, Sarah est restée un moment sur son lit en continuant de pleurer puis, sombra dans un sommeil profond d'où elle émergea lorsque la puéricultrice est entrée pour prodiguer des soins au bébé.

Cette dernière remarqua qu'elle avait pleuré .

Son mascara avait coulé sur ses joues.

Elle n'osa pas lui poser directement pas la question.

Peut-être le contrecoup de l'accouchement, se dit-elle.

Elle se contenta de la question d'usage :

" *ça va madame ?* "

Réponse laconique de Sarah :

" *Oui !* "

Le jour de la sortie, Brewen vint les chercher pour les ramener chez elle dans le XVII ème arrondissement de Paris.

Il avait prévu un repas-traiteur pour ne pas l'obliger à cuisiner.

Il s'était occupé de tout.

Vu de l'extérieur, c'était presqu'une situation normale du couple parfait entourant un nouveau né.

Pourtant, malgré cette image idyllique, subsiste chez elle, une angoisse qu'elle n'arrive pas à contrôler.

En effet, des prélèvements avaient été effectués à la clinique pour la recherche en parternité.

Ce fut pour elle une épreuve supplémentaire, l'obligeant à guetter le verdict des tests.

A l'inverse, Brewen semble calme, détendu et presque souriant.

Il est fasciné par ce bébé qui pourrait être le sien.

Difficile de savoir son état d'esprit sur le sujet.

Il attend probablement *(lui aussi)* le verdict des tests.

Un jour, il reçoit un pli par porteur spécial envoyé par son avocat, précédé par un coup de fil de ce dernier.

Il sait donc de quoi il s'agit.

Le lendemain il se rend dans le XVII ème arrondissement avec le pli dont les scellés n'ont pas été rompus.

Après le dîner, il tire de sa poche ledit document et le pose sur la table de la cuisine.

Sarah devina aussitôt la nature de l'information contenue dans l'enveloppé sous scellés.

Son coeur s'est mis à battre à tout rompre.

Elle essaie de faire bonne figure malgré tout, prête à affronter le cas échéant, les représailles de Brewen.

Ce dernier prend tout son temps, mais affiche un visage grave.

Soudain :

" ***Je fais quoi avec ça ? Dis-moi !*** "

dit-il avec un calme olympien.

Sarah baisse les yeux.

Les larmes ne sont pas loin.

Comment va-t-elle se sortir de cette situation?

Devrait-elle anticiper la révélation de la vérité et ainsi tenter de désamorcer la bombe qi est sur le point d'exploser ?

Oui mais, et si *(sur un mal entendu)* Brewen était le vrai père de Jeanne ?

Ses idées se bousculent dans sa tête.

Elle ne sait pas quoi faire.

Elle transpire sous le bras.

Tout son corps la démange.

Brewen observe tout ceci avec un certain calme, non pas pour accentuer le malaise exprimé par son ex, mais visiblement perdu lui aussi devant l'inconnu qui se profile à quelques centimètres devant lui dans cette enveloppe scellée.

" *Tu me réponds, s'il te plaît ?* "

" *Que veux-tu que je te reponde ? ... Fais ce que tu veux.* "

répond Sarah d'une voix mal assurée.

Brewen reprend l'enveloppe, la fixe, la retourne une ou deux fois, puis se lève et se dirige vers la cuisinière à gaz.

Il allume un des feux de la table de cuisson, puis sans aucune hésitation, plonge l'enveloppe dans la flamme bleue et la regarde se consumer.

En conclusion.

L'impossibilité d'obtenir ou de posséder l'objet de notre désir *(envie irrationnelle dont la satisfaction est improbable, mais qui nous obsède)*, nous pousse inlassablement à défier la raison *(mode de pensée permettant à l'esprit humain d'orchestrer ses relations avec le réel)* pour parvenir à nos fins, et nous sentir heureux.

Nous devons cependant avoir à l'esprit que le but poursuivi par Sarah n'est pas une fin en soi.

C'est ainsi que : effacer d'un coup de gomme la réalité d'un divorce qui vient d'être prononcé, recréer une cellule familiale en l'espace d'une journée, récupérer par la même occasion un papa pour son bébé, etc .... , est une suite sans fin, n'obéissant qu'à une seule pulsion, à savoir l'obstination qui est la meilleure amie de la déraison.

Autrement dit : chaque fin ne peut être elle-même que le moyen de parvenir à une autre fin sans jamais atteindre cette fin ultime qui *(de facto)* comblerait tous nos désirs.

Ce qui fait de l'être humain, l'expression de la déraison personnifiée, la créature la plus insatiable de la création.

Dame Nature, qu'avez-vous à répondre pour votre défense ?

Inévitablement, le pseudo triomphe de Sarah auquel nous venons d'assister tout au long de cette histoire étrange, nous questionne sur l'impossibilité pour la raison d'avoir autorité sur le désir.

Encore une certitude qui vole en éclats.

D'autre part, la conclusion à cette histoire serait incomplète sans l'évocation de ce déséquilibre qui caractérise parfois les couples au sein desquels l'alchimie tant nécessaire, ne peut se faire, à cause d'un casting non conforme aux attentes de chacun par rapport à sa vision propre du couple.

Du fait de cette quête perpétuelle d'un bonheur dont les contours échappent à la clarté dès le départ *(par opportunisme ou par égocentrisme)*, force est de constater que de nos jours, les erreurs de casting sont légion.

Les longues périodes de fiançailles permettant de bien se connaître, tranchent singulièrement avec ce qui se passe de nos jours : on se rencontre le matin, on se marie à midi, on divorce le soir.

Un désaveu ou un désintérêt ?

L'expression d'un désir violent de changement au détriment de la pérennité du couple ?

Certains diront que c'est l'évolution des mœurs de la société dans laquelle nous vivons.

D'autres ajouteront : il faut vivre avec son temps.

Ainsi, des gens équilibrés, raisonnables, font des choix qui sont un défi au bon sens, un pied de nez à la raison.

On prend, on consomme, on jette.

Puis on recommence.

Une propension à consommer frénétiquement les sentiments, en les comparant à de simples objets de désir, jetables, banalisés, périssables.

Le choix du partenaire destiné à nous accompagner une bonne partie de notre vie, et généralement jusqu'à ce que la mort nous sépare, n'obéit plus aux critères de base d'antan.

Sommes-nous des personnes d'une seule vie ?

L'être humain est-il 'câblé' pour vivre au côté d'une seule et même personne durant toute sa vie comme le recommande la société judeo-chrétienne ?

Sommes-nous liés par cet héritage ?

Savons-nous encore vivre à deux ?

Pourquoi certains peuples s'accordent-ils le droit ou le privilège de vivre avec plusieurs partenaires à la fois dans le même espace de vie ?

Ont-ils tout compris ou bien doit-on les considérer comme des "sauvages" *(primitifs opposés / réfractaires à toute civilisation)* ?

Le mariage est-il devenu une institution désuète ?

Les documentaires animaliers attestent que dans le règne animal, à la saison des amours, les partenaires se choisissent avec une attention particulière, en fonction de critères très divers *(parades prénuptiales réussies, prédispostions à construire un abri sûr, victoires aux combats, etc...).*

A quelques exceptions près, ces animaux sont des partenaires à vie.

Chaque sentiment exprimé trouve le bon écho chez le partenaire.

Pas de dissonance.

Une fidélité à toute épreuve.

Une solidarité sans faille.

Donc très peu d'erreurs de casting dans le règne animal.

Vous y comprenez quelque chose ?

FIN

Les choix déraisonnables des gens raisonnables
© *Nathanaël AMAH , 2024 NATHAM Collection*

Édition : BoD – Books on Demand, info@bod.fr
Impression : BoD – Books on Demand, In de Tarpen 42, Norderstedt (Allemagne)
Impression à la demande
ISBN :   978-2-3225-2275-0
Dépôt légal : Février, 2024

Les choix déraisonnables des gens raisonnables
© *Nathanaël AMAH , 2024 NATHAM Collection*